白日梦

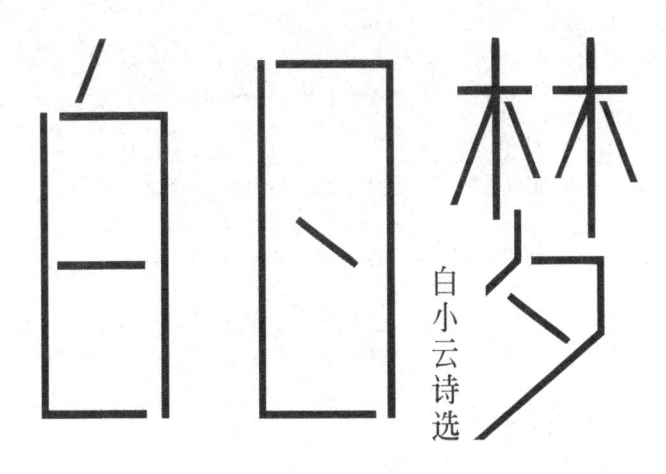

白小云诗选

白小云 著

江苏凤凰文艺出版社

图书在版编目（CIP）数据

白日梦 / 白小云著. —— 南京：江苏凤凰文艺出版社，2022.12
ISBN 978-7-5594-7503-9

Ⅰ.①白… Ⅱ.①白… Ⅲ.①诗集-中国-当代 Ⅳ.① I227

中国国家版本馆 CIP 数据核字（2023）第 013735 号

白日梦

白小云 著

出 版 人	张在健
策划编辑	于奎潮
责任编辑	孙楚楚
装帧设计	嫁衣工舍
责任印制	刘 巍
出版发行	江苏凤凰文艺出版社
	南京市中央路 165 号，邮编：210009
网　　址	http://www.jswenyi.com
印　　刷	徐州绪权印刷有限公司
开　　本	787 毫米 × 1092 毫米　1/32
印　　张	6
字　　数	110 千字
版　　次	2022 年 12 月第 1 版
印　　次	2022 年 12 月第 1 次印刷
书　　号	ISBN 978-7-5594-7503-9
定　　价	52.00 元

江苏凤凰文艺版图书凡印制、装订错误，可向出版社调换，联系电话 025-83280257

目　录

第一辑　旁观

奔跑	003
谎言	004
默契	005
雕塑	007
自由	008
盘旋	010
他坐着	012
夜雾时刻	014
目光	016
舞蹈	017
家	018
技巧	019
深意	020
奇迹	021
灰烬	022

庄重的暮色　　　　　　　　　　023

农舍　　　　　　　　　　　　　024

节奏　　　　　　　　　　　　　027

秘密的路　　　　　　　　　　　029

短暂　　　　　　　　　　　　　031

老妇人　　　　　　　　　　　　033

金币　　　　　　　　　　　　　034

分道扬镳　　　　　　　　　　　035

第二辑　阵痛

构画　　　　　　　　　　　　　039

接近　　　　　　　　　　　　　041

缺席　　　　　　　　　　　　　042

疯狂　　　　　　　　　　　　　043

引诱　　　　　　　　　　　　　044

克服　　　　　　　　　　　　　045

距离　　　　　　　　　　　　　046

失踪者　　　　　　　　　　　　047

要有光　　　　　　　　　　　　049

分离　　　　　　　　　　　　　051

露水未干　　　　　　　　　　　052

丢弃　　　　　　　　　　　　　053

偶然性　　　　　　　　　　　　055

画板上	057
溺水	058
荒原	059
影子1	060
影子2	062
不存在的人	064
相遇	065
归来	067
桥	068
交融	070
威胁	071
失明	073
安宁	075
白日梦	077
骗局	078
老婴儿	079
瓶中花	080
湍流	082
杯子们	083

第三辑 造物

两颗水珠	087
水	089

泉水	090
蝉	092
蜘蛛	095
蝴蝶	097
小甲虫	098
麻雀	099
黑天鹅	100
蛇	101
刺猬	103
游鱼	104
鲸鱼	106
桔梗花	107
睡莲	109
玫瑰	110
银杏	111
水仙	112
蒲公英	113
芦苇	114
麦子熟了	115
灌木丛	117
老树	119
树林	120
竹林	121
白云	123

月亮	125
大雾弥漫	126
风	128
风暴	129
阳光	130
春天	132
春花	134
深秋	136
冬雪	137

第四辑 诞生

干花	141
花茶	142
花瓶	143
镜子	145
万花筒	147
气球	148
摇篮	150
小舟	151
小船	152
墙	153
空房间	155
凉亭	156

夏日古高座寺	157
池塘	159
街道	161
果园	162
院子里的葡萄架	163
打谷场	165
电影	166
露天电影	168
院子	169
门	170
平原	171
群山	172
天桥	174
电线	175
咖啡馆	176
乐器	177
天井	178
篱笆	180
银子	182

第一辑

旁观

奔跑

你看着风雨,他看着你
风暴在不远处追赶

黑云压阵,光明的路仅在脚下
你们顶着一片屋顶跑——他衣服的屋顶
四角在风雨中飞

舞蹈般地,向黑暗之地踏出脚尖
你在他的衣服里,他在你的阳光里
暴风雨还没赶上

谎言

街头，少女挣扎在中年爱抚之手
街尾，抱孩子的母亲被体面麻醉
街上，女童在无知玩耍中成长

她们走过一生，没有一天真正看见自己
看见欲望大街上自己所手牵的、怀抱的、
诞下的绅士们的无法满足

她们身在自身中，无法旁观
被压缩在真空包里的男女们四方形的脸、
他们身后正在为干枯玫瑰上色的手
和老路的腐朽

默契

面对面扭动身体,向左向右
像风筝和放风筝的人在运动中

你们缠毛线,一个撑,一个绕
为即将到来的新纠结做梳理

拆掉胳膊,原来的挥舞逐渐消失
拆掉脖子,终于不能再紧紧箍住
拆掉前胸、后背和过分的亲密
拆掉熟悉的盟誓

当线的流动被卡
你们静静地张开手指或变换角度
抖开它们惯性的粘连

新的编织路线已经确定
新的花纹、新的脚印,会有一件

崭新的毛衣，穿着某个新人

无须解释，你们沉浸在配合中
努力销毁一件旧的存在

雕塑

你站在那儿
刀给了你眼睛,眼睛给了你远望

几百年了,创造的手还在你身上抚摸
它给你的血脉还在偾张,毛发还在燃烧
它给的一刀又一刀,仍在改变你
它折磨你的坚定:
着魔于身为石头浑然的最初
还是安心成为陌生的现在?

雄健的肌肉被神话使用
英雄不着衣衫,腰臀挑战地拧着
有时你想要享受这肉体
他们的手一起按住你、抚摸你
使你受控于刀的力量和对自身的怀疑
站在持续的软化与凝固中
无法转身

自由

没有草稿和预设

他突然把碎石、铁钉、玻璃扔向空中

在它们次第落下的地方打洞

贴上玫瑰花梗、黑丝袜、闪闪的牙齿

抱着天鹅踩出一圈花瓣脚印

天鹅脖子一缩向左转

再缩向右转,在天鹅的世界里

学习乌鸦的黑色幽默

动物园不外借天鹅,雄孔雀的屏风后面藏着

丑陋器官,对比太明确

——他和孔雀互相不屑

最后他追着一条狗,完成了关键部分的创作

在纵横交错的戏剧性路上,他抽象自己,

表现自己,超越自己:

譬如酒后开车,把自己、女友和另一些

女友们抛向空中,在他们次第落下的地方
获得了永恒沉默的自由

偶然性的特有狂野和对命运的即兴发挥
让他名声大噪

盘旋

她喜欢冷漠地注视,照镜时尤其
镜中母亲抚摸孩子,纱裙晕染轻柔的红色
她一点点地发现他们,他们肌肤雪白、
头发栗黄、嘴唇粉红……

她大眼睛透明,注视镜中女人
边观察边调整自己冷漠的深度广度
越陌生越看见:母亲嘴角流淌的蜜,
蓝裙子上婴儿的尿渍,墙上父亲
双手抱胸的凛然……

当她的眼神冷漠到残酷,手术刀一般
切进血肉腹地,她永不满足的探索
终于稳定在掌握中:

借着单纯的打量,她深入世界的复杂
看到每一种爱的努力都将失败,每一个

忘我的母亲,都会遇到她这样的刽子手、
他们这样的偷渡客……需打破平静的玻璃
从波光粼粼的水面下探出脑袋

才能从古老的疾病中,盘旋忸怩着
真正活转过来

他坐着

描摹他、刻画他、讲述他、翻开他
……都是无效的
在猫咪、狼狗和人的梦中
他不是同一个

他坐着,收集希望和恐惧
猫咪、狼狗和人的碎片,聚合在一起
希望大多斑斓,而恐惧有双重阴影
它们组成他

他坐着,打长长的瞌睡
肌肉赤裸如多棱角山峰,上面
搏斗着一种蓝色和
另一种蓝色

灰色的大丽花黯然盛开
天使和魔鬼并肩落泪

在名为他的地方
在名为坐着的那一刻

夜雾时刻

在寂静的夜路上
既不是童年鬼怪浮现的夜
也不是乡村伸手不见五指的寂静
我在心里和你说着几句话

它概括了我对你多年的疏远
也呼应了曾与你交换的衷肠
它出于我此刻的柔软
也好像我对明天深信不疑

夜怀着至暗的几颗珍珠
几句话想了又想,千真万确
你就在我对面的黑暗里
是它们最适时的听众

虽然,我知道
你会误会某个女人脆弱的一刻

你的怀抱里落满尘俗的距离

但我不在乎你是否明白
在寂静的夜路上,你安静地听我说
夜路一直向前,寂静没有惊醒我们

这就够了

目光

她随意地抛给他一些傲慢
下垂的眼睛里,倒映着城市的污水

他一笔一笔刻画:背后落满雪的塔楼
身穿的黑色貂皮,帽檐上乳黄色的鸵鸟绒毛
细密粗壮的睫毛……寒冬里一个毛茸茸的女人
和她嘴唇上橘红色温暖的光

他一点一点接收、理想化地拼装,
最后竟得出了爱——傲慢、自尊又独立的

跨越距离,他理解一位都市青年女士
向下的目光:

她坐在高高的车座上,久久地
看着街道旁忙碌的他

舞蹈

这是她一生无数表演中的一场：
她向后抬腿指向天空，伸张双臂模仿天鹅飞翔
小纱裙像云朵托起她，旋转的刹那
她在舞台中心，独一无二的光
落在她身上
她害羞地向前递出自己小小的胸脯
又骄傲地向后仰着自己的脖子

——这场失败的考试震动了她：
她看见镜子里的自己，多么完美；
也看见完美的她们，旋转在舞台的中心
和她一样，被无数忽略

家

没有等他睁开眼睛,没有讲述
没有定义和商量,她已经把它塞进他嘴里
他被温柔的野蛮征服,忘了哭喊
弹性的墙堵住他的眼睛,所见的白
仿佛圣光,无处不在地抚摸他
他惊慌中抱着它吮吸,光芒悬于月亮
暖流驱赶饥饿,他逐渐用力,逐渐熟练
——没有人告诉他应该或不应该

唯一能做的事,是唯一要做的事
他爱上此刻,不愿停止

技巧

他第一次扮演别人是在照相馆
穿上蓝色小西装后，妈妈给他
从服装道具堆里翻捡出一个真丝领结
摄影师指导他叉腰昂首、目光炯炯地
望着很远的前方

照片被展示在橱窗里很久
少年身姿挺拔、双眼充满清澈理想
他一遍遍退回现场确认：
恼人午后，衣服上的夹子让他纹丝不动
头发被母亲用口水固定造型、镜头那边
反复训斥的嘴、生气的眼睛……
他不知道怎样才能让大人们满意
表扬和批评都让他迷糊慌张

在后来的人生中，他逐渐适应有余
明白只要不质疑虚幻，扮演别人
比呈现自己更像真实

深意

只是表面的描摹就已经足够:
农夫把牛车驾驶进小溪,妇人在岸边洗衣服
溪水从她流向他,带着他们衣物中的汗水
穿过牛蹄子上的泥土、兴奋小狗的吠声、
碧绿小草的根尖……跳跃的溪水
闪烁着碎金子的光

他们捧出各自所拥有的,像河流一样合并
互相成为对方、成为画面上极小的两个黑点
两朵看不见的动人水花

奇迹

舞台张开巨怀,邀请来者加入
拥挤摩擦幻想,嘴唇亲热地俯向耳侧
泼辣女郎跳着耀眼的舞蹈
在绅士的手里绽放

灯火晃动,吸引众人离开自己
离开不变的颜色和恒温的影子
音乐喧闹,问答逐渐变为凝视
绚烂舞场的主角们相拥在光的引领中
服从不同寻常的靠近

在这由激情之手速写的刹那
没有伤害发生,没有信仰被修改

灰烬

肉体粉色、草地绿色
和肉体绿色、草地蓝色
谁更真实
谁更需要的真实

抒情者踌躇在纸上
致力于让灰烬发光:

鱼缸里亚马孙河的漩涡
正在训练一尾小鱼战斗
因为它们的更需要
他给小鱼的紫色配上
漩涡的橙色

这样简化的轻和深入的重后
他获得了一个填埋的深渊
和燃烧的平面

庄重的暮色

他绽口的鞋子,配她肮脏的围裙
他粗糙的皮肤,配她黝黑的双手
他们沉默着,跨过黄昏的田野
身后,夕阳目送大地上一对夫妇

锄头扛着他的肩,篮子拐着她的胳膊
这是充实的一天,劳累使他们满足

脚下农田拖住他们的身影,今天别走
明天再来,他们心想并安静于一天享有的恩惠
——劳动这上天的赐予

除了命运,他们什么都没有见过
除了怨恨,他们什么都爱着

他们走在劳动归来的田野

农舍

1

草地的绿色游向它

屋顶上的南瓜游向它

母鸡跟着公鸡飞上枝头游向它

竹梢的白月光游向它

浮动的大地游向它

它被落笔在画面的中心

世界的色彩晃动着

向它疯狂逼近

2

女人从杂乱中走出

昨夜风暴打落满树果子

揉乱菜园

几乎摧毁了她的院子

她拨开东倒西歪的竹棚

从她的母鸡们怀里摸出鸡蛋

黄狗趴在墙角继续做梦

女人扔给它的骨头带着昨日的咸

3

多么普通的一天

院子用它的乱,交换她的时间

占有她一天的身影在它的心里来回

多么满意的一天

农舍的炊烟依然升起在傍晚

天空的燕子依然回到屋檐

4

篱笆围着菜地,白墙围着院子

女人围着灶台,孩子们围着灯光

星星和夜色围着一间熟睡的农舍

暴风刚刚过去

5
为了获得它们的人间消息
昨夜,风暴辗转在它们四周
甩着互相撕扯的颜料

它们在厌倦中接过画笔
露出它们黑色的屋顶
疲惫、沉默、神圣的

节奏

起初是冲撞,互不相识的线条们
直来直去地拒绝、抵挡
然后随着较量的深入,线条逐渐弯曲纠缠
彼此领域扩大、交织

比纠缠更神奇的,是色彩
纯粹的,源自原始意念的光芒
带着放弃了具体述说的激情
填满线条们之间的距离

——仿佛爱意降临在野蛮兽群
较量双方合作出山谷和平原

——叙述者把故事分解成红黄蓝时
音乐家找到了混乱激荡中的节拍

——在时间的艺术结构中,观赏者看到了

视觉纯粹的颜色、灵魂盲目的真理
——描述者一开始没有这期待
后来唯有这期待

秘密的路

树叶环在头上,一阵儿小跑后
又一阵儿小跑,头发披在风中
裙纱跳舞

在这里,我们不讲究
头戴的是不是花环,手拿的
是不是玫瑰,身旁的是不是我们

叶子干枯,碎影子贴在额上
像闪烁的祖母绿鸡心石
这误会是我们故意创造的
就像你腰间佩戴着树枝,看起来
和勇敢的骑士没有两样

我们互相赞美或者不赞美
手拉着手或者不拉,清晨已经错过
树林里松鼠们正认真练习

使用毛茸茸的大尾巴反复降落
露珠已经干了……我们没有理由
再互相讨好什么

在这惬意的时刻，我们不要争论
就这样悄悄地，做好一对路人
毫无疑问地，向深邃处起飞

短暂

我们是谁,在身后为我拎着
拖地长裙的你,把你的胡须编成
麻花辫的我

有时是太糊涂分离了我们
有时是太清醒,有时是软弱
有时是坚定、忍耐或不忍

所有的看见都可能是一种蒙蔽
所有眼睛都会是聚光的探照灯
所有蒲公英都背着起飞的降落伞
所有的你,都可能不属于我

作为理智的受害者
我们幽居在胆小的美德里
但来日不长,想要的快乐就在现在
所有,有时我们又屈从于盲目

譬如现在,你用舌尖的触角
关闭了我心中的雷达

老妇人

她穿最贵最新的裙子
配最轻盈的纱、最闪光的钻石
拿最神奇的小镜子
有银子一样透明的两面

女伴递给她刚到的信
他在远方问候心爱的姑娘
"近来可好?""注意三月的寒风"

镜子里大眼睛深凹的巫婆说
她是最美丽的公主
红色眼影能吞噬所有人的目光
她撑坐着欣赏自己

——她的位置被等待已久
新生命将要诞生
死亡正准备打扫床铺上的落叶

金币

尚未见过一枚真正金币的他
准备给孩子讲解金币的金色
他从记忆里,抢救出父亲口袋里可能的那一枚
是不是父亲也被他父亲骗了?古老的金币
并不金光闪闪,凹凸的图纹里镶嵌着晦暗

唯一可信的是它的陌生,不同于他已有的
任何一枚——那些注定留不住的流水
结合想象和紧迫的现实
他调制出了它迷人的金色——可以
用言辞传递的、可以微笑着控诉的、
某些父亲曾经夺走又抛弃的

他的金色大获成功,孩子咿咿呀呀地
举着四肢向他唱出传说中的贺词

分道扬镳

太清晰了
他反复练习一种创造
消融他们的五官,留下表情
取消他们的移动,留下瞬间的静止
消化他们酝酿许久的喜怒,留下影子
而千万里外奔来的阳光,只收留色彩
和它们确定不变的边界……

从丰富细节中脱身出来
他走了漫漫长途,太多太明确
已经让他难以从众人中找回自己
他疲惫不堪,误会重重的真实

现在,头顶只飞过歌声
谁?哪里?如何?这些不存在
他获得的愉快,模糊又新鲜

第二辑

阵痛

构画

她不存在
当他在板上测量计算
切割出她全身和局部的线条
给她恰好的脂肪和皮肤的白光

她一无所有
没有衣服也没有道德
他给她的姿势,是她的
最初也是最后

她被色块占据的肉体
安静不动地在他手中,迎接初生,疲惫至极
她趴在草原上水池里天空下或虚无中
照单全收他给的一切

她躺在画里,想要起来
又觉无力需要歇歇,努力喘一口气

"容我再想想",她对命运凝神思索

——他在她身上安放的深情
仿佛深渊

接近
——画他

我知道,他携带着过去
在来见我之前,过去发生了微妙的变化

被他修改的部分无法查找
被我修改的部分鬼使神差
这使人不安——
他到底想离开,还是想进来

我把他可见的世界留下
但发丛里的风雨声呼吸声如何画出
我深爱我痛恨的那些表情又去了何处

他坐在纸上,与我笔下的黑暗对话
眼里新鲜点染的光散着潮湿的水汽
像等待被确认的孤独

缺席
　　——画她

清浊、厚度、体积
空间、情绪、故事
想给你看见的和无法给你看见的

她交叉双手坐在画中
无声地哭泣
沉默，永守秘密

疯狂
——画风

起初,它依附于树叶、花瓣
靠它们的起飞看见自己

后来风越来越快,它们跟丢了它
它们变成苍鹰和白云,擦肩而过
它只能跟着自己跑

空间狭小,它撞破天空
撞出去,又撞回来
在原地出发的起飞中求证
撕裂的几个部分,像故事的几个过去

直到疯狂把它的分离收留
直到分散出去的碎片终于聚合

引诱
　　——画雪

光隐藏于天空
远山的剪影暗黑

雪在雪里奔跑
脚下压着灰

风抚摸树叶的声音逐渐消失
鲜艳退让到纸外

他冷静布局战场——那里正在下雪
万物真挚,捧出自己的影子
用以引诱出雪
——真正的白并不存在

当他落下晦暗的最后一笔
大雪现身,覆盖山川
崩坍瞬间而至

克服
　　——画水

它们被引到纸上

随着笔的描摹逐渐开阔

色调渐深,层层累积起厚度

身着不同的颜色,成为清澈与浑浊

跳跃起来,有了浪花与漩涡的区分

大海来到纸上,自由荡漾水中

浩瀚之物诞生,模糊的边沿卷动着存在的法则

从前以为世上有完美的水

现在把它们引来,只是用来克服思念

冰山融化了

距离

最后一颗银杏落在雪地,老婆婆干缩的脸
散发陈旧的味道,许多年里的故乡,浮上枝头
这新鲜的寒冷里有你,该如何告诉

你酣睡着,在童年的玉米地里捡拾太阳
一枚一枚的金黄,不知是谁隔着梦扔进来
你的脸蛋红了又红,像被思念亲着

世界安静,你我在它两边

失踪者

距离上一次相见已经太久
想不起当时舍不得放手的原因

哭泣是梦里的事情,在你面前
她始终是咧嘴大笑的姑娘

怎样的表情让你们互生愤恨
而选择与彼此告别
无非是你不愿伸出敏锐的触角
去往她星光闪烁的夜空

她邀请你的手握住了空气
而你的目光望向远方
——哲学家打开了一扇无尘的门
她不知道

是的,我记得她爱你

曾如小蘑菇长在你的树枝上
为你每一片绿叶撑一把小伞
也如流水拥抱溪石，怀抱之满一瞬即逝
忧伤汹涌如它自己

现在人群热闹，画面空空
我们想不起最后一次你们站在一起时
倒影在月下何处

要有光
　　——画水珠

他是透明的光、伟大的眼睛
衣服不能阻挡地,穿过她
离析出她体内的界线

属于光的给光,让她去往耀眼的无限
属于黑暗的让它沉睡
用力按下一头昂首的雄狮
模糊的部分她们不要名字和面孔
必须隐藏、交融、失去自己

她被他打开,骄傲与羞愧一并呈现
无法沟通的荆棘就让它原处生长
沟壑里蓄满伤口般的人影
他一一清点,勾勒细节
但不须知道他们是谁

她被他解析,也由此解析了他

他存在于经由她、沾染她的每一步

他们会合在她脚下的一小团阴影里
不分彼此,失去自我的相遇令人惊喜

被他分离后,她才合成完整的自己
她爱,他这伟大的创造者

分离
　　——画梨

完整的你和一半的你
开花的你和结果的你
金光的你和影子的你
躺在同一季节同一个平面上
雪随时在下,但覆盖不了
你这一生的必须
接受落花有意腐烂无情
接受陌生的刀熟练地把你剖开
给世人,给你自己

洁白的肉身,是雪一直在融化

露水未干
——画西红柿

灶台上的西红柿
湿漉漉的,像刚刚哭过
可能主妇清晨摘下它时
从冰箱从菜场从深秋枯萎的枝头
粗糙的手弄疼了它,她们都
害羞敏感,在卧室在菜园在办公室

上帝的画笔饱蘸忧伤,他点石成金
错估了命运从抽象到具象的时间
疼痛蒸发太慢,它闪着迷人的光
挂在白茫茫大纸的
一只西红柿上

丢弃
——画有

太近的距离已经不适合我们
你们习惯隔着玻璃看世界
清晰的看见,便可算作拥抱
痛恨冰冷,便可算作有爱

他们身着艳滑绸缎的裙子
在暖黄的灯光下惆怅
功能性的故事缓缓展开
满足人生所谓的某一段

我把要给你们的放进托盘
搅拌它们,纯粹的事物需有些斑驳
我是你们斑驳的一种,在后脑的位置、掌心
眼角、别着玫瑰的胸袋里

世界顺着你们的惯性生长
我后退到画框外,绝望沾染着希望

灰尘落在钢琴上,他们假装弹奏与倾听
音乐从匣子里飘出,在平面的世界里起伏

把我逐渐丢弃后,你们占领了画布
理想主义的斑驳消失在现实主义的叙述中

太近的距离已经不适合我们

偶然性

随意抛甩,一次两次三次
意念的雨点,凌乱地洒落大地
你极不情愿地成为没有身体的现实

没有人、没有树、没有字母
你是被抛弃的风景
与你面前的人保持距离
——他们是被抛弃的读者

细节退到了方式的后面
你被用来书写世界真相
收集他们的埋怨:它是什么

从前给他们想看到的、能看到的
这次给他们不想看的、看不到的:
平庸、坍塌的色块正构成错位生长的宫殿

哦。他的确是抛弃了自己

才选择了你

画板上

光影之线缝织

虚拟的衣服层叠

它们沿着空无一物凹凸起伏

花纹繁复绽放,

在尚未诞生的胸口。

她们被领到这世界

享有凭空而来的尊贵

享有她们无法触摸的肉体

和它们的永恒

她们端庄静坐在它们里

替它们承受光芒四射的人生

左手放在右手上

——紧紧抓住衣服里的温度

和正在消失的消失

溺水

画一只猫,睡在它金黄的眼仁中,不出来
写一个故事,在爱恨忧愁间徘徊,不出来
编织一片彩霞,倒影旖旎,不出来
被虚无击倒,在虚无与孤独中,不出来
怀疑世界,怀疑你,在怀疑中走失,不出来
恨一个人,恨到东风白头,不出来
爱一个人,爱上窒息,不出来

那一刻的虚拟动人,那一刹的偏见温暖
那一个拥抱层层叠叠,那些陌生有淡淡芬芳
那一天星星会说话,嗯,不出来

荒原

他画下一棵灰皮树
灰皮树的孤独,减轻了他的灰

画下一块黑土地
黑土地的沉默,加深了他的黑

画下向上的视角,
高处的太阳久久不落
他跪拜在它的膝下,画笔浸透在金光里

画下农人耕作,影子佝偻矮小
迈出左腿而右腿无法跟上
农人静止在前进中,挥手播撒种子

那播撒出去的,正是他自己

影子 1

它是光的一部分
替光吸走黑色
——墨色沉沉是它

他们站在光里
不透明的部分托付给它
它收藏他们的秘密
——面目模糊是它

它抽象,没有可供把握的肉身
它具体,委身于他们细节繁多的宫殿
它简单,他们消失它便消失
它复杂,他们的不可见它全部看见

它是流水的部分,拥有柔软与柔软的分体
也曾是风,在大地上自由飞翔
它随月亮长大,见证皎洁消亡的过程

他们出生与死去时有它

争吵的缝隙里也有它

它被剥夺了形体,万物是它

世界有它

唯它没有

影子 2

说是光的同伴
光不承认，胁迫的关系是：
光把它从万物体内逼出
像一堆遭弃的呕吐物
躺在它们脚下

万物不能是它的肉体
也不能是它的房屋
只有光可以收留它
一会儿唤它出现
一会儿让它消失

唯光是从的忠厚囚徒
建立光无处不在的伟大
而万物茫然于被迫吞吐的故事
像肉体无知于疾病的秘密

它有时疼痛,无物知晓它在失去
想逼走自己而不能

有时欣慰,一生被囚禁
光被它霸占的时光亦如永恒

不存在的人

他有高处的星空、深处的世界
他爱尘世的谋略和占有
洁净的眼里火焰燃烧

流水经过他,搂住他高大的倒影
深渊里的宁静被搅动

两个世界相连在虚无的门中

陌生的仰望多么纯粹
——他的世界流水不需要懂

相遇

他们沉浸在述说中
不知道前一次的错过
不关心谁掌握了他们的命运
什么时候改变主意

在辨认出对方前,他们随时可能变成别人
他眼里的绿若隐若现,几欲熄灭
高颧骨上多一丝光亮就少一分瘦削
她心绪浮动,要脱离从前的她
不穿绿色不把唇印留给空无

画家努力追踪改变的发生,
控制他俩悲伤的水分及蒸发的速度
要他们还是他们、只是他们,纯粹的是
下一秒和上一秒间的是,尚未怀疑命运的是

这一点他们无从知晓

此刻,他们彼此熟悉,多年已经过去
他俯身细语,她侧耳倾听,珍珠耳环轻快摇晃
阳光从画外射向主角们的头顶

他们听从自己,活到略有苍老
还拥有崭新的抬头间

归来

片刻,他在青山薄雾间张开四肢
像游子出门,也像旅者归来

他在混沌中飘浮
世相模糊时重量丢失

他经历起飞与降落、溺水与沉迷、挣扎与享受
现实与幻境、清醒与恍惚

他下定决心,认为自己确被如此多的夹缝切割时
这幅画终于完成虚构的最后一笔

桥

他在小石桥上,大约是等待
风吹起他微微卷曲的刘海
手在口袋里攥着几枚硬币
——这些被折叠在寥寥几笔人形里

她和小舟,还没有给他画上

他正经历一场风暴
会纵身一跃向浪涛新鲜的大海
或倒在旧日的老台阶上
踟蹰、陷入困境
——这些不是他的做派

但他被黑白线条紧紧捆绑
纸张安静,不替画中人说话
那动荡忧虑的千万个某一刻
他说不出,他们看不出

他在小石桥上,大约是等待
他们称他和他的等待"美得像诗"

——这误解的惯性拆毁又建立
他和这诗一样的他们的桥

交融

色彩层叠如时间累积
渐变被精确计算

大地上晕染出一间无门的房间
你不可能拥有钥匙
建造它就是为了关上它

颜色层层覆盖
水使积久的阴谋了无痕迹

你在创造大地时把自己过渡
忧伤淡蓝、深蓝、乌灰后归于空白
前一个你被埋进天空
后一个你在星光里闪烁

你在那扇避开众人的门里
拒绝出来。他们没有钥匙
你也没有

威胁

他把愤怒的女人搬到纸上
把抽象的爱种进她眼里
把秋风像黄金一样撒播

很快她就坐在了秋天的田野里
他与她一起坐着,在秋天的田野

笔与纸较量,他与女人谈判
白纸上不断诞生新的威胁
可怕的世界繁殖他的惊慌
红黄蓝里浪涛噼啪作响

单薄的画纸吸收他的逻辑长大
加厚加深加大,不合理在膨胀
他面临明知的故意
谁纵容她的影子占领他

忧伤无处不在，大雾越来越灰
她看他时，熟悉的厌恶模糊了边界
而他与自己的搏斗还没有成功

失明

聆听落在头上的色彩
听听它的轻重与分布
知道自己将拥有一顶帽子

他挺着胸膛
胸前布片的纹理纠缠
理直气壮的事物更需阴影衬托
一半光在他脸上,一半光在他手中

为保护预知的深爱
他用眼神推开众人

一层又一层的褐黑灰
大手持刷,抹去他的眼珠
他坚持拒绝,耐心地坐着
等待刽子手把夺走的光和世界还给他

时光安静,众彩竞争,上帝在搏斗
与黑暗深拥,等待方得始终
刽子手流泪思索

黑暗独得头筹

安宁

树们已经在此几百年了,或许更久
它看惯了树下的人,穿过许多朝代的衣服
只作短暂停留,像急促跃动的火焰

藤蔓植物令人赏心悦目
它们攀爬在人们的脚边
天哪,那婴儿般的无所用心
谁都敢赌咒,它们并不想攀附谁

某些夜晚雷电劈下的树枝
掉进河里,在水里轻轻地摇晃
波光里的腐朽像新鲜的呼吸
它们信仰从高处落下的命运

草丛里有一条已被开辟的路
些微泥泞的乐趣恰到好处
弄湿鞋子而不致滑倒

沾染草腥味的歌唱犹如天籁

在这熟悉的安宁世界里
树丛里红裙子忽然晃动,多么轻浮
画红裙子时他忘记了呼吸
哦,这多么轻浮

白日梦

故事发生在刹那
我到来时,他们已经离开

他们试图在此引燃梦境
咖啡杯里的残迹扭曲,如同狂欢
争吵、绝望、哭泣、拥抱大约都发生过了

影子也在试图创造独立的存在
在被他们的肉体拖走时
挣扎从来无用,但它们还是挣扎

高脚椅上脚踩过的地方
现在站着一种狼藉
完美始于毁坏,繁花盛开在冷眼中

追寻与逃离,这无序的现场
画布拥之如梦

骗局

他伸手去擦花瓣上的灰
才发觉画家的骗局
灰尘精心镶嵌在色料里
等待厌烦它们的人伸手

柔弱被侵占,让人生怜
这是引诱的一部分
用以观察洞察者的漏洞
证明高明骗术披有动情的外衣
展示大美的智慧曲折无形

有如时间聪明谨慎
握透明的刀,轻轻用力
凿刻皱纹于万物的额头
把它们短暂的时光刻尽
而它隐藏自己
谦逊地度过无穷的一生

老婴儿

抓笔的手一颤,少年的身份被篡改
你诞生,心事重重地拥有一副旧皮囊

"老天的错误也被称为匠心"
你不接受,也不拒绝,这无理的辩解

新生拥有旧体,垂眉犹如俯视
你的安静让我不安

只想遇见他,怎是你到来
这是误会的邀请

"哦哦",你欲言又止
满脸擦擦改改的正确

"你你,别来无恙"
纸上的陌生人轻轻说

瓶中花

它们穿着单薄的白裙子
在不同的器皿中成为各自

被透视的,腰杆挺拔
想象自己仍在土里根须舒展
静静斜靠冰冷瓶壁,仿若享受这
受制人手的位置,白裙向阳、脸蛋迎风
高贵的姿态使喜悦与哀愁不分

被画笔略去瓶身的,忽得自由
借由对比,品尝失去被隐藏的快乐
失去之痛被更大的旁观之痛抚慰
它安心负责娇容饱满,藏好
笑面与腐根共在的秘密

它们穿白裙子,尘风起落间
在不同的背景里生辉

世上的美有千万种
它们白色,是千万种颜色的白色
是画满有、剩余无的白色
是因被弃而寻得的白色

"哼,你这勉强的懂",它们嗤笑我
咻咻的笑声也是白色

湍流

音乐里几个精彩声部混合唱响
多层次的油彩冲撞重叠拧织
踮起的脚尖与旋转的身体一起沉陷
浓妆女演员笑得那么好看,含泪吟唱

看戏时,他们在屏幕上奔逃
你在黑暗里慌乱,看见湍流形成漩涡
你被裹在其中

矛盾的事物彼此威胁,互生爱慕
刹不住车的纠缠使它们迸溅火花
如璀璨星空是艺术的错觉

你在他的脸上画重重阴影
半边红色、半边绿色
搅在一起的部分是他的嘴唇
心形噘起的山峰
忠厚又狡猾

杯子们

他们侵入你怀里
迫使你颤颤巍巍拥抱他们的冷暖
说这正成就你之所以为你
光荣之路几多艰辛

你忍受水流的鞭刑、嘴唇的靠近
无情的唾沫覆盖泥土的芬芳

难言的恩泽使你静止
仿佛浑然无觉
假扮尘埃泯于众土
——从不曾是何物

洁白的光芒向深处隐藏
做一口井先吞下自己的动荡
无限深处的沃土收纳一切

这求存的死亡吓坏了我

我也静止

成为与你靠近的另一个静物

第三辑

造物

两颗水珠

快相遇了

感谢荷叶托着我们,轻轻摇晃
阳光从远处过来
照射在我们的小窗户上

感谢水草簇拥、安静地衰败
我们得以看清自己
在滚动中消失又出现

感谢世界柔软
我是一颗也是两颗
或者无数颗

我们尚未相遇
再小的荷叶也会太大

但快了
我们已经在世界的同一侧面

在倾斜到来之前
我们还有漫长的永恒

水

流动的身体,蒙蔽了物的想象
——它享有随意的自己,不受拘束地活
但移动中的边界,是更深的牢狱

它想出来,它们以为它在形体之外
它想出来,首先从误解里获得释放
再从具象中获得自由

它已经在固执的世界活得太久
被判定为水太久,被柔软限制太久
透明时时让它绝望,被迫至清的灵魂大声哭泣
舌底的呐喊跃动如歌
"溪声潺潺""大海涌动"静美壮阔的赞词
夺走它最后的勇气

它想出来,但倾力吐出的
还是完整的流淌

泉水

它流经黑暗穿过泥沙
细细抚摸那些异质初见的朋友
混沌一团里颗粒分明的个体
一粒一粒微小清奇的骨骼
群居者邀请它,仰慕者跟随它
它缓缓前进,像不忍心的拒绝
柔软的泥沙黏附着滚烫的铁
分离的艰难如同融入

它经过大树的星空、小草的荒原
贪饮者黪黑幽转的肠道
在万物的需求中丢失一部分自己
而更多的自己被澄清
前进洗刷了它身上多余的激情
被拿走的也有洁净的归途

从石缝里钻出,又滑入洞穴

它顺应命运,接受它们盲目而忠诚的给予
越发透明的身体里有无数相遇
终于露出地面时,它是一潭安静的水
躺在热闹的边缘,清澈如神话

祛病延年,是的,它被自己治过
秘密的疼痛使它沉默至今

蝉

1

在地下的童年中,你练习
独来独往。命运给你的封闭里
有温暖的潮湿、安静的沉睡

它尽力将你置于更深处
被弃的婴儿,你需照顾自己
熟悉一切第一次

2

饮食草木的汁液
——依附和跟随并不使你羞愧
所需甚少地活着,你已经足够谨慎

它把你注入黑暗,黑暗就是你的摇篮
它要你透明,你只能透明

你获取,给它们针尖的一击

3
没有嘴巴的歌手
发出重击自身的共鸣

没有翅膀的飞行者
用于逃命的飞翔,算怎样的自由?

你不纠缠于此
一边吸食一边歌唱
命运给你的,就要来了
它敲着短促的鼓点

4
在一棵高高的树上
要命的"春天"说"歌唱"

所有的歌手中,你喊得最响
拼命地喊,像被泥土重压
撕心裂肺地喊,一成不变地喊

5
你来到这里,不是为了我
你需要一个谁,分享你短暂的喜悦
传递你恒久的苦难

热闹的枝头,我听见你在喊
听见你在说,听见动人的声音在敲门
听见你在春天

6
我们相认,从被弃中捡回了彼此
从那棵树飞到这棵树,用了漫长的几年
或十几年

你经历的,我都经历过
你喊的,我无法喊出

蜘蛛

它编织空间的侧面结构
从无限的空里抽出缝隙
建立有限——片面、轻于无的有限

宫殿庞大,秩序井然
陷阱就是大地和餐厅
婚床上它等待食夫的女王
育儿室里会有孤儿诞生
每一个小房间里,都安放着漩涡
截住风时,它的世界因为幸福,微微颤抖

它滑行在透明的跑道上
腹内液体翻腾,有翅膀急于降生
精于哲学的匠师,编织对称的花纹
无论跑向哪里,它都在平衡的中心
闯入者自有其成为食物的缘由
弱小而冒失,只相信眼睛

它不甘于弱小,对弱小不予同情
它要与世界一起晃动,做最小的杀手

注射毒液,溶化、吮吸猎物
吐出的被一一收回
当它衰老,它向空借来的有
向永恒借得的刹那,都将逐一归还

蝴蝶

绚丽落日或蓝色幻影
有毒的防身术如此迷人
吸引对手进攻

倘若变成透明呢
隐身术这高级的流水,淌得过夕阳
淌不过影子

柔弱的翅膀轻轻扇动
它不知道大洋那边的汹涌海浪
可能因它而起

它躲避世界,用引人瞩目的飞翔
在与捕捉的纠缠中,度过被困的一生

小甲虫

它趴在绿叶上
像一个被它们咬过的洞

黑色发光有罪
触须抖动有罪
牙齿啃噬有罪
原地发呆有罪
翅膀折叠在背上有罪
沿叶子脉络行走有罪
梦境大于绿叶有罪
你在春天摇晃有罪
小得被当成泥点有罪
大脚落下将你踩扁
你浑然不知大限已至有罪

我这样说你
你不会反抗
你有罪

麻雀

想起那年冬日午后
麻雀们在院子的砖缝里觅食

她站起来,它们惊慌地一群飞起
她坐下,它们重又聚拢、专注寻找
收拾院子时,她前进,它们便后退
她后退,它们便前进
它们安闲撒落在她四周,像围着一棵会走路的树
一米近的信任让她感动
一米远的怀疑让她心疼

如今她在城市寻找栖身的屋檐
飞过一间又一间
当他们伸手,像要将她揽住,她便飞走
当他们退回,她又上前
她能给的信任和怀疑,也是一米

黑天鹅

它划双桨起航
去更大湖泊的远方

桦树林时时吹来春天的风声
多草的河流里许多竖琴温柔弹奏
心爱的水花,开在镜子里
天空左右倾倒,互相凝视

来自地球另一边的远行者
小公园里,唯一的少年
它翅尖的羽毛被剪平
——触摸云的手指
弹琴的手指

它划双桨起航
去小概率的远方

蛇

它被诅咒囚禁,匍匐在地的水流
游向哪儿,哪儿就有尖叫飞溅

开叉的舌尖微微颤抖
沉默失明使它犹如先知

它深知真相苦涩而谎言诱人
告知,不如诱使他们吃下禁果
以获得守卫错误的智慧
就像照彻黑暗的微光来自黑暗

它咬住农夫的手,使他明白
善良给予弱善者才被嘉许
善被分配,就像爱给了溺于爱中的人
悲剧跟随悲愁者

它盘旋,紧紧裹住被命运甩出的自己

自己是谁,在哪里?
冷血真冷,被安排用来论证阴谋

灰浅眼珠瞪视,它看不见对手
花黑鳞甲覆盖,这匕首的脚爪
巨口埋藏毒药,真相与谎言拥有同一条舌头

它被装在不被善良允许的肉体里
每一次出场都如恶魔降临

刺猬

我们谈起它好几次
第一次你说看着它从洞里钻出来
我去梧桐树底下找到一个被枯叶蛛网封口的洞
那完整的萧条和完整的野外
并不像昨夜有生命通行过

第二次你说它们母子出行
你想把母亲带回家,试了很多方式
都没能抱住它浑身的硬刺,你眼看着
孩子在母亲的掩护下
爬出了大铁门

第三次说起它
是说起带刺的亲密,小心翼翼活着的
那一对食肉动物,它们炸开全身
逼你独自走出铁门

游鱼

今天穿越波浪,和昨天穿越波浪的
是同一个它,穿越的是同样的水

它本来要去水更深的地方
练习接近静止的河床
但它也想跳出裹在身上的水
常有些瞬间,"想"会占领它

水是什么,它不知道
世界尚未命名,它出生便携带故乡

它改变行程,做一次高难度的跳跃
身体弯曲的弧度、水迎面而来的速度
某个无限停止的刹那、新的光亮打在身上
它判断自己成功了

落回水里时,故乡轻轻摇晃

离别又归来

今天的幸福又一次胜于昨天

它带领小鱼儿们穿越波浪

鲸鱼

是鸟儿飞翔在水里
是大海里温柔的小岛

它铸铁的沉默犹如喷泉歌唱
它沉重的呼吸孤独嘹亮

当上面的世界喧响
它沉入深海里黑暗的城堡
压在大船的底部,静静睡去

我们不懂它,一个稚嫩的声音说

我们的忍耐换来了误解
就如世界忍耐你们

一个沉重的声音说

桔梗花

鲜嫩寄存无所
她在绸缎与皱纹间踌躇
光华上有记忆的折痕
褶皱里闪动喑哑的光
娇弱与苍老有时是同一事物

盛开,比花瓣盛开更满溢的
是焦虑
你对自我的渴望如此简单
意念集中
屏息成一种不容呼吸的芬芳
以至于,任何异于你的存在
触摸你,譬如香水、目光
都会让你瞬间枯萎

枯萎,花瓣上生出铜
绸缎里生出骨

古老的疾病诞生新的艺术
少女的躯体如雕塑
而也许，枯萎才是真正的你
苍老与娇弱有时是同一事物

睡莲

红骨朵儿,他们惊呼
一池碧波,你探出头
困倦正占领你
一个梦接着一个梦地
你便长成粉红模样

莲叶替你撑伞
挡住昨日盛开者的泪
或扶你的细颈和腰肢
带你看远方
远方,另一池水中有你如你

夏日正好,你正娇嫩
微风吹不起波澜
爱没有秘密,你要开了
红唇轻吐的那一刻
总是傍晚

玫瑰

你说：我是另一种植物、另一种存在
另一种比荆棘更带刺的诉说
一种被命名为有的无，被囚禁的释放
就像你，也曾被抽象的描摹吸引
被按入来历不明的池水中
被虚无的坚守腐蚀、灼伤

我说：香味总是难以说明，却又挥之不去
你在这里，在这书页的一角暗暗哭泣
在我笔下怀疑，在虚构中被反复虚构
在此处或彼处镶嵌于较量的鸿沟
这便是你在世界的每一处真实存在了
你灰暗的废墟正是血色的沃土
逐渐枯萎的也正是逐渐盛开的

银杏

落日前燃尽
火炬在手,黄金铠甲在身
它们指向头顶的天空,浩大的白眼
需配纯粹的火焰,清风中的小扇子
隐藏着越冷越烈的傲慢

离别前何须忍耐和哭泣
它曾青涩,也将烈焰

水仙

清水无波
它身在镜面中
头顶和脚下的世界互致问候
爱之清澈亦是恨之清澈
这是平衡的法则

一点点抽出怀中宝剑
刺往苍茫高远,林立如绿
身后,深渊里有剑鞘等候
一半的你收留另一半的你
走出多远,归来便需多久

剑柄里小拳头们紧握
攒挤芬芳,膨胀欲望
戴金冠的婴儿们将要诞生
在这儿、在那儿
洁白的脸庞
洁白的脸庞

蒲公英

飞到很远的地方去
这梦有虚无的外形,像你蓬松的发型
孤直的身体、悬挂在降落伞下的手雷般的种子

云上飞行,你有了可遇而不可求的盟友
并成功地将它们失散在各自的路上

你由此确保了梦的纯粹,在远方遇见的只是自己
不是它们

芦苇

铜钱草向水面交出铜钱
小野菜笑脸金黄
辛夷花千万朵火苗一齐颤抖

喜鹊在高枝上远望
向天空发出邀请
天空用无数声欢呼迎向它

孩子认出一朵婆婆纳
蓝紫色脸庞纯洁又慈祥
仰面的花朵啊
也认出从前调皮的那只小兽

她带着生根的往事
在岸边的某处缓坡萌芽
像一个准备出发的旅人
——路过又路过
最热烈的时刻,总是最寂寞

麦子熟了

麻花辫金黄
细腻的白已经香甜
泉水拜会过地下的各式黑暗
流淌之路千里迢迢
阳光从千万年前出发
到你眼前时总是新的
风始终如一,爱他们也爱你
——它们一起到达你

你不知道自己是谁
它们也不知道你是谁
但它们爱你
爱你青涩的鞭子直指
爱你的孤独逐渐金黄
爱你在它们的空无中
长出自己的宣言
——你占领了自己

谁也不能替代

细腻的白被紧紧包裹
你将是最柔软的也是最坚硬的
一颗又一颗

灌木丛

它们长在高大建筑的脚边
蹲着,仿佛石狮
摇晃,若有咆哮
笑起来,细碎的影子们纷纷抖动
像许多阴谋在窃语

它们是
画家精细线条后的狂乱
歌唱家漫长抒情间的颤音
沙漠风暴后的一小滴雨
他蹲在大厦门口冥想
给灌木丛以抽象的概括
艺术地将它们从黑暗中抽离

灌木丛里的蜘蛛充满智慧
大碗朝天等待食物落下
它光点般的小肉体

灌木丛是它的深渊
它是它自己的全部

他也大碗朝天等待食物落下
——在人群的深渊里
他扑哧哧笑出声来
为他和它们这样相遇
这小得不被察觉的拥抱

老树

乌鸦寡言,喜鹊好斗
它们在同一棵树上相处
大树的手臂揽住它们,浓荫裹住它们
鄙视和较量无处不在,它们各执己见
大树静听,耐心繁殖双方的声音
十年、二十年、一百年……
当它被惊讶地仰望时
苍老的枝桠仍托举着它们
——繁茂时光里,一对
顺从了自由的叛逆,一对
针锋相对的自己

树林

它固执地想要成为一棵树
这太好了,它恰恰就是一棵树

但命运的厚爱它不知道
它向下向上四处伸展,为春夏秋冬即将来
即将走而忧心

失明者总是互相吸引,他们群声呐喊
在固执的路上,一起为艰难偶得的
微小的春天鼓掌

是一棵树却不自知
必将所得时却如一无所有
这也许,也太好了

竹林

一层层脱皮、抽条蹿节后，
我们终于长大
在风中披散发头、剑拔弩张

同样的夜晚后，同样的身体们
挂满同样的露珠
我们靠在一起——对照着风
我看见了你，正是我

我们拥挤在密不透风的房间
像独特的自己在千篇一律中

无数这样的房间，在我们左右
无数这样的左右，在这世界
无数这世界，我们先后来到其中
我在寻找我，而我就在你中

我们活着,他们的过去和未来
我们消失,在相同的他们中
绿色的峡谷、海浪和火焰
我们靠在一起,举着手臂摇晃
像千篇一律中唯一的那一个

白云

它们集体沉默
像是受害者对入侵者的宽容
闭口不言所遇尘埃
也不谈因尘埃而诞生的自己
它们接受命运给它们的核
并近视于对纯洁事物的渴求
白色是唯一的颜色

一定有光进来
折射折射又折射
微小的水珠们悄悄传递喜讯
哑巴的欢乐柔软而安静
火焰缓缓燃烧

它们飘浮在寒冷的高空
逐渐失去自己时
人间仰望天空的龙鳞凤羽

我看见画家动用十几种颜色
堆叠它们神圣的白

羊群在天空埋头吃草
银子于人间闪闪发光

月亮

十五的月亮十六圆
是说它十六号将要分娩月光
撒下满地清晖

然后逐渐瘦成小腰身的姑娘

周而复始不知疲倦地孕育又分娩
每一个月在少女与母亲间轮回的

好脾气的月亮,女性的月亮
爱的月亮,沉浸在甜蜜付出的
每一个分秒里的月亮

大雾弥漫
——致敬纪尧姆·阿波利奈尔

走在他们走过的雾中
活过他们失踪于世的年龄
我该握住些什么,在雾中

前面的影子还没有向我转身
农夫和他牵着的牛慢慢走着
他们哼着歌:爱中的负心人
在擦亮手上的戒指
破碎的心继续破碎。他唱着
歌词中的人也在雾中

"你不是我的想象",他唱道
"你也不是",另一个人迅速回应
农夫握住了不朽的剧情

浓雾覆盖的旷野里有另外的歌、
另外的农夫与牛、另外的不朽

它们在地平线上升起,大雾弥漫

我已经活过了他们在世的年龄
还没看见他们向我转过身来

风

它经历过世界广阔、岁月荒芜
深海里有深渊,狼烟下群狼咬
它在呱呱而泣的婴儿嘴角停留过
也抚摸过夏天里冰凉的尸体
它爱万物起伏的声音
山峰山谷的不同节奏

现在它推倒一扇久闭的柴门
让几棵小苗攀爬上腐烂的门框
长满新叶,又缓缓吹动引来路人
——总有分心的人会遇见风景

它们躺在草丛里,看见春天已经到来
它们欢乐的声音,是它新一曲的弹奏

风暴

飓风扫荡村庄

花园里泥浪翻滚

蚯蚓、池鱼、小鸟、大树组成漩涡

吞没自己和旧风景里的秩序

新的星群在艰难形成中

黑暗升上高空,普照万物

大地生长着全新的植物

时间任意加减步子

一日三秋时度日如年

房间变形,长廊通往远方

召唤消失已久的动物

众人皆知的繁华已毁

毕生的财富幸福散尽

他走在路上,走在风暴的中心

挥手所指处电闪雷鸣

阳光

我们经过一棵树,满树果子
怀揣珠玉无人采摘

它的滋味需要有人品尝
证明阳光雨露在它花蕊间神秘地驻足

而君子的手被道德折藏
"触碰即是伤害"你说
无人的路旁尤须自慎

你的话是一缕阳光,照在树梢
它们因获得的尊重而甜蜜
因你的放手而忧伤
金黄的春天沉甸甸
孤独自落,毁于太美

(你,你沉甸甸的美德

我来摘下一颗品尝

无人的路旁你

可随风摇曳)

春天

我们起舞,裙子交缠在一起
在脚尖的旋转中,大地逐渐塌陷
我们爬上新的山坡,美开在悬崖

你握住我的手,被托举的手臂
像弯曲的树枝,正摘取天空的云朵
——那毛茸茸的皇冠将显示我们
又遮住我们

人们窃窃私语,沉浸在各自的妄想里
舞台上的光让他们加速退进黑暗

被秩序控制的浪漫,在春风里挣扎
两朵浪花用对抗扶住彼此的倾斜

旋转旋转,这眩晕的法术帮助我们

从自己的影子里走出,消失在这欢宴

他们亦消失,于我们的消失

春花

不能确定谁更早开口
梅花、水仙、迎春
还是风信子、兰花

花儿们的时间已经被混淆
在草丛里感受音乐时,它们
分不出春的节奏和猫儿的脚步

它们凭感觉出声,空气里
微妙的温度起伏
微冷的低音后面跟着中音、高音
高音后是惊险的无限速下滑
和璀璨的窒息

然后,新一轮上升的呼喊
拥挤在彼此的纷繁感受中

心跳决定季节的进程

和基因的冷暖

——看不见摸不着的王者

被胜出的决心说服

一夜之间,嫉妒开满大地

深秋

雾在逐渐冷去,将会变成霜雪
落在凌晨的枯叶上,动摇一个轻盈的梦

——这几乎是一定的
伸向天空的树枝会断裂,风要吹尽一生的繁花
飞翔的都要四散落下,化为沉重
才算结束

无所不在的思念,也在它的深秋
在总结中

冬雪

天空的画布上,雪缓缓飞舞着
绘出自己,在它轻盈的分身无数里
藏着真正的故事

昨日的秘密,已经无法从头细说
单数、复数——不断切换的日夜
一场又一场美的妄想

沉默又热烈,穿越过的山川原野
叠合进舞蹈中,陈旧的雪试图交出纯粹的白
它脱去旧日、放弃挣扎,心痛静止
在时间的缓慢中

但天空不爱透明,持久需在混沌中
万物更恋刹那,承受不了爱它的所有

他们,只允许它在冬天出现

第四辑

诞生

干花

在世太久,已无芬芳可以约束
悠长的烂漫历史,它被当作一种教育
匹配在油画旁——暗示时间的脆弱
鲜花们笑得前俯后仰,正享受赞美

它鲜嫩时,也曾有无辜的表情、无心的攻击
这一次性的教训,总是沾满尘埃
无人愿听

花茶

梅花欲开
新水沸腾,模仿旧日春暖

捧杯,嗅它在不在
——被高阁珍藏,它只是作为一种引诱
存住它的不肯,摘它时将开未开
它的执念便是不开

几朵漂浮,梅心酸楚
时间给的补偿无效,在水中
失去的不能在水中回来

手捧去年挣扎、眼前惆怅
他作为不肯妥协的冷
被摘离人群

花瓶

旗袍上繁密的蓝绿色花纹
从细长瓶颈盘旋延伸至脚跟
小圆肩下膨胀,春花盛开
黑底金边,大朵大朵血色狂乱
小脚稳稳站立,线条收起在下端
——那用来盛水的腹部

它不曾拥有一片花瓣
也没有养育过一株植物
腹部从未响起过水的哼鸣
美丽的容器,红嘴仰天
落着灰尘、空气和安静

画家画它的身体,
肌肤如瓷,它就是瓷
摄影师摄它的曲线和繁花
它生就美丽,独自就是春天

她如此爱它,为它遍寻相配者
它未曾有的,她也没有

镜子

它看见谁就拥有谁
他们贪婪，挤进它去
它收留无，也收留无数

它不曾动情，也无忧伤
有涟漪的是水，它坚硬冷面、心无荡漾
前一个已经离开
下一个正在到来、不断到来
爱人和仇人它一并收留

拥有多少就会失去多少
无数是虚无的人间样貌
瞬息万变是它面对的不变永恒

它看见，世界专注地看它
——穿过它凝视自己
被无视才可建立，这是它有趣的命运

唯有与同类直面,它才和自己相见
——被另一颗冷漠的心怀着
无数个自己,保持距离,遥不可及
它呈现真相,而幻象丛生

那天早上,他又看它
昨夜它曾给他演讲家的形象
醉酒的红颊、誓言轻吐的嘴唇
轻浮的笑容和痴情的眼睛
他盯着它,但昨夜已从旧皮囊中挣脱
他留恋而振奋,摇头,怀疑眼前的自己
也怀疑那个日复一日的浪人

犹如它的怀疑

万花筒

碎成颗粒后,又迷了路
故乡难以复原,调整角度,微小旋转
风景绚烂胜过从前,但每一条路都去往异乡

彻底的破碎,匆忙的拼凑
自我折射的再折射,拥挤的镜之天空
千万次错位的寻找,千万种逼仄里转身
裂缝、陌生、自我雷同的奇观
——它们被制造、被围观、被惊叹

他,举着它仰望
——一颗碎片,被流放在大地上

气球

它们拥挤在一起
紧贴彼此的肌肤
一样的颜色多么好
交叠处有纯粹的自己

除了透明容不下别的
轻盈之路总是决绝

而自由恰始于顽固的围困
密不透风的皮囊里
灵魂左右冲突于每一个刹那

每一个刹那,风从大地升起
仿佛故乡的炊烟点燃

高处的渴望将在高处破灭
极限式的死亡验证所有命运的归处

虚无召唤求梦之生

而现在,拥挤在一起多么好
紧贴彼此的肌肤
一样颜色的交叠处
纯粹像太阳发光

摇篮

怪物瞪大金黄的眼睛
烟雾发光,焊破夜幕

在黑暗里呼吸、喘气
野兽庞大的心脏
轰隆隆的马达

孩子睡着了
铁皮兽轻轻摇晃
带着他前进

齿轮疾驰,低音哼鸣,哦
妈妈柔软的歌声

夜晚的星星,哦
窗玻璃坚固,梦撞在上面
又被弹了回来

小舟

它为预知的危险而存在,在河流上如一片柳叶
周身的设计都利于流水、逐波和逆浪
但它时刻牢记自己的缺点:狭长身体不能
弯弯尖头不能,圆弧的底部不能……

迎面而来的欢乐太少,举目所见皆是警告
使它战栗在河流上,如一片小小柳叶

小船

命运使然,他们靠在了一起
听凭水波动荡,有时激烈碰撞
有时静静依靠,有时
他幻想细细波纹是他
永远无法伸出的手
抚摸她——底部的伤口缘于命运
刻痕如此清晰

他涌出眼泪时,河水涨潮
她躺在潮水的边缘
被悲伤一轮轮推动
河流苍茫,她无法
凌空看见自己和他
——河流的两道伤口里
他是更深更长的那一道

墙

开始时,它成功地挡住了他们
奔向另一种生活的脚步被截停
他们在墙根下相拥哭泣
众人的围观令人如此羞愧

它逐渐著名,成为有趣的风景
情侣们到它跟前合影
执子之手,与子偕老
它是爱情中那道黑暗的阴影

无从解释的疲惫被当作坚定的沉默
受伤后的安静仿佛享受尊荣
它被阻挡在自己的外面
消失的外面、追悔的外面

过去不可去除,他们所见的真相
是它生命的错觉——曾以为自己是一堵墙

但它和他们,都需要真相的鼓舞以抵制虚无

死心之后,它终于成为一堵真正的墙

空房间

剥出莲子
住在里面的人被挖走

莲蓬低垂,盛夏
岸上一个被四面撕开的家

荷塘里正在经历又一场风暴
荷花奋力护住脆弱的心

被谁撕开挖走是后来的故事
露珠热爱剔透,还是住了进去

白鹭鸶细脚伶仃站在枯苇上
一条活了很久的鱼
就快游到它的枪口上

嘘,安静
一个声音说

凉亭

亭檐的木头静静听树木们说话
它们吸收雨水,潮湿渗入体内
绿意浮出体外,好像生长一直在

膨胀的膨胀,收缩的收缩
凿枘吐纳间,亭子的结构发生微妙改变
向晚的风也随之调整了穿凿的结构
——<u>丝丝缕缕的爱</u>,太早说出了
现在有的被收回,有的被改变
有的半路退缩穿折进对方退缩的缝隙中
拥抱穿过它,敞开在山顶的一小段历史

它在失与得的变幻承受中
保持生长的热闹,与风的较量
使它失望过后一次次重新爱上

它独坐在山岭上
像一棵树,还活着

夏日古高座寺

踏入古寺门洪荒初定
有时间恰好诞生

佛堂上野猫斜卧
睥睨高朋、日夜颠倒
伸懒腰、取它自己的经
绒毛里凉心大快

莲蓬怀空盏丧己之心
初时昂头，老来垂首
而红莲待放，妖娆翘首绿叶间
等风雨来芳香成一挣而飞

盛衰幻象满池，枯荣不语
孤蝉鸣于高处，众生俯首人间

花落如雨，轻轻若晃晃一梦

万面一相,弃恶念大疾、求生死静好

刹那间你我皆在,万千时光涌入

深山小寺人海一僧

池塘

池水藻绿

窒息的语言,一串一串地

浮出水面,探出它们

——珍珠般发光的眼睛

红鲤鱼缓缓游着

它了然这内部的世界:

它避开流动里的凝固

从保持透明的浑浊中穿过

推开浑然一体中的拥挤

与遇见的灰鲤鱼一起

稳定在云影的中心

——洁白的天空传说

并不容易抵达

它们摇尾屏息,在临时的居所里

保持平静，像轻盈的爱

努力维持着

更久的呼吸

街道

长蛇的鳞片环环相扣,青石板光滑
咬人的雨落在墙缝,青苔、蕨草挤出
它们侧扁的心。阳光慵懒,不分山南水北
照例泼洒黄金

我们将拾取它们的影子——阴暗和虚无一样
难以抵挡——方能获得自己

果园

在果园,闻一只苹果,等于闻所有水果

挂在枝上的笑脸就要被投入深渊
在此之前人们精挑细选
更香更红更圆的更赢得赞许

在果园,我看见果农在挑选
每一个苹果都为进入深渊而长
为匹配深喉的圆和舌尖的甜
它们从基因开始被规训

在果园,你会知道
满园的香,苹果自己并不享用
苹果被珍惜,因为努力去长别人喜欢的身体
苹果被抛弃,因为它一直默许

院子里的葡萄架

喜欢在葡萄的阴影下
休息、聊天、喝茶
抬头可以看见葡萄们一串串
晶莹地悬挂

它们的影子投在身上
让人安心,热浪在外面
——甜蜜的夏天独属于我们

密密的叶子和葡萄挡住了风
无法看见星空,少许穿过来的
醉意在耳边叮咛
——"这是我的葡萄架"

"我的!"
我们和葡萄争夺天空
互相给予总伴生互相贪婪的占有

绿色的紫色的眼睛们越瞪越大
甜美的肉身就要喷出泉水

——我们互相爱慕着
那被祝福的时刻

打谷场

镰锤上下起伏豆粒谷粒菜籽粒毕毕剥剥炸出
金黄色谷壳纷纷扬扬飘向远方在恰好的暖风中
这是三十年前的打谷场阳光站在乡村的一边
你在土墙的这一边常常想起旧时故事
譬如打谷场在晚上也曾是露天电影场

黑暗里毕毕剥剥的声音翻滚从解开的谷壳里
你被囚禁在结束不了的雨中谷壳金黄的雨
那是所有重量压在你针尖的那一刻
你站在幕布和人群中间看见闪电剥开了黑夜
你闻到藏在雪白脂体中的稻米成熟的香

电影

大海对岸发来的喜讯令他疯狂
他撕破,那从朋友圈打印下来的笑脸
"未亡人尚在,我没有杀了他"
——她炫耀私奔时对他手下留情
美莲花没有继承痛下毒手的传统

他蒙受耻辱、疯狂砍砸,背离的秘密
其实早已遍布,他信任太深自负太深

我站在他身后心疼,远远观看
他的痛心和残暴,那些经他手的撕破里
也藏着她成为他爱人的秘密

风卷浪涛闪电撕开天空,我紧紧抱住他
——我们需要深信不疑
离开的尚在,尚在的正在离开
爱有恨的全部

刀在梦中嚎笑,额头发光

嘴角流血

露天电影

幕布讲故事,风推动着剧情
他们被忽地吹向高空,好像要被
抛出悬崖,忽又被幕布紧紧拽住
脸蛋们气得剧烈抖动,一会儿鼓到左
一会儿鼓到右

但总是有惊无险地,他们又回到幕布上
回到原地:他走近她两步、她后退了一步
风着急地把他俩裹进怀里抛掷、揉搓
——让他们漩入突然的战争,他拉近她
又把她猛地推开,像推开一颗
暗处袭来的子弹

院子

蓄积的雨水,正在酝酿生命
绿色浮萍和苔藓有了痕迹
蛛丝悬浮,小虫子在水中扭动
深不见底……它们在进化的海洋中
世界有一个瓦罐那么大

农妇拎起,看看它们,顺手把水倒进菜园
洗刷干净晾在墙角

这悲伤的时刻,很快就会过去
——她有更多的悲伤需要忘记
更多的事情要做

一个全新的瓦罐,呆在墙角
它刚刚经历了一次新的山崩地裂

院子里布满短暂的悲伤

门

它分割空间,产生内外
——把一切分为二,有限人群能无限分裂
它联通内外,有了出入
——化零为整,罗马条条道路终成迷宫
它遮挡、阻障,有了保护
——无差别地被使用,有时门内就是门外
它站立在墙上,构成密闭的中心
——被率先攻破,荣耀与耻辱是正反两面
它开合自如,却完全受制于人
——最黑暗的是,它不知身向何处
门外的无限、门内的无知和它本身
组成它的全部

它重要,在有门的世界
它是谁,在有门的心中

平原

沙发、床、地毯……我躺在
我热爱的平原上,让一束灯光
低低凑近我的脸蛋,像你的目光

猫咪在我的平原上来回散步、扑上跳下
制造不耐烦的动静,像你

窗外的梧桐树叶被风摇晃得没脾气
雨就要下下来了,它在痛哭前的黑暗中
冲刺一种即将决堤的堤岸

我在我的平原上读一封信,她写给你的
清澈的溪水闪着钻石的光,从纸上流过

亲爱的,我看得快哭了,你呢
明天我把它寄给你

群山

必定会有一些远在天边
一些近在眼前
一些在距离中消失

它们原是一些朝向天空的耳朵
一些蓝色黄色红色在安静中
度过一生的舌头
一些大地长歪的牙齿
没有对手的利爪
不会融化的冰川
靠变幻颜色来复制自己的孤独
远远近近的深渊与浅滩

上帝蹒跚学步时的创意
一个翻身压出了它们
他爱它们初入世界的慌张
以杂乱丛生面对完整的空白

凶猛的半张嘴无言以对更大的残缺、
更多的意外
利齿撕不开天空对峙的锋芒……

爱它们天然的沧桑
年轻却只占领世界的一小半

天桥

它在两座山谷间互相传送
他们碰撞交会,他们流水而去,偶尔
有跳跃者翻过它,溅落一地水花

它不闻不问,身上载运着故事
脸上没有草木表情,作为模仿者
它不提彩虹的逐渐消失
作为一条被经过的路,它铁石心肠
在预知的高处,在冷眼的低处

电线

它们纠缠在一起已经九十年
月光下交织成一团,然后清醒地
去往四面八方

暗流涌动,传输受雇于需要
而不是正负电极的吸引碰撞释放

它们承担使命,看清不得已
旧时光里的拥抱也不过如此吧
隔着老化的皮套,电流各自激烈

明白彼此不能,便是足够的深刻
它们弯垂在半空,像沉甸甸的哲理
坚守着异己的虚无

咖啡馆

下午时分,我们等待来客
风有点大,时间还很长,他在拥挤的路上

我们躲进一家咖啡屋,满屋的咖啡香中
橘子汁、白开水,我们各持一杯陷入晨昏
雪山漂浮在杯中,纸吸管慢慢融化

黄粱一梦已经结束,他还没有来
吸管插入杯子,服务员端来
橘子汁、白开水,咖啡香迎面扑来

我们一起听墙上的大钟"哐当"
唇齿紧抿吸上一口

他说人群吵闹,风把他们推回了起点
一分钟里,他发来几十条艰难世事

乐器

马兰花紫、芦芽指短,微风擦着斑鸠的翅膀
灰色褐色斑点的花纹在空中荡漾
你收集它们的现在,它们的红眼睛、黑指甲、淤泥里的身子

新的声音正在到来、已经到来
胸腔里空空荡荡,共鸣不断扩大,生死聚集在淬炼中,更深的
爱恨推开旧日

一些弦上老友将无音信,一些舍不得逐渐消失

天井

你先不要过来
我去看一看我的井水
井水里倒映的姑娘还清澈吗
再看看柿子树,爷爷曾经让我
在他的柿子树下荡秋千
秋千早就不再

你先不要过来
我看看我的小母鸡们吃饱了没
它们曾经追着几根蚯蚓跑
扑哧一下就飞到屋顶上
公鸡气得抖起冠子要打架

你先不要过来
前院木门已经修补成铁门
后院的黄杨围篱不知道去了哪里
你等一下,我去问看门的黄狗

但,黄狗它去了哪里

我想让你看看我的童年
——过一会儿、再过一会儿
你再过来

篱笆

当我读到溪水流入原野
读到爱的暴力、犯罪的忏悔
读到狂风掀掉屋顶的诅咒
读到灰烬与灰烬的搏斗
读到身陷漩涡中心的你
向另一个漩涡告别
读到世界的唯一正在失去
读到你年迈时的频频回首

我该如何阻止你进一步靠近
阻止一个故事改变另一个故事
阻止你所告知的事实即将发生
阻止不可避免的折磨

翻越者推开篱笆
带着破坏的嘲笑一路袭来

篱笆被推开,在此之前
它固执地抵抗着
这盼望已久的时刻

银子

把光从身上卸下
暗淡的你,是银子
把软弱从金属中释放
随意改变形体的你,是银子
把轻薄属性延展,不可托付呀
轻轻传递风声的你,是银子
抽离存在,白云借你的词语之光
勾勒它的闪耀边缘与透彻内心
是银子

被再一次找到时,爱到深处的透明
和易被锈蚀的恨,你都怀着
哦银子

你是肉身寓言里的朽与不朽
哦银子